四《し》季《き》開《かい》眼《がん》

詩文でたどる
「第二の自分」の発見

山川白道

展望社

まえがき

「自分は、今、家庭では○○と呼ばれ、社会や学校では◎◎と呼ばれている。これまで□□の経験があり、△△のことはできるが、▽▽のことはむずかしい」。人は、意識するとしないにかかわらず、およそこのような認識があるのではないでしょうか。そんな自分や、五感（視・聴《ちょう》・嗅《きゅう》・味・触《しょく》）がはたらく生身の自分などを、ここでは「第一の自分」と呼ぶことにします。しかし、そのような「第一の自分」の外に、それを温かく見守る自分があります。ここでは、これを「第二の自分」と呼ぶことにします。

「第二の自分」につきましては、多くの人は、「えっ！ ほんとうに？」と一瞬《いっしゅん》びっくりされるかも知れません。あるいは、「想像や願望に過ぎないではないか？」と思われるかも知れません。しかし、私にとりましては、発見であり、開眼《かいがん》であります。

「第二の自分」の発見の入口は、ちょっとした自然や人とのかかわりのなか、いたるところにあります。とくに悩《なや》みや悲しみや逆境のときには、その入口は大きく開かれているようでもあります。この「第二の自分」の発見とそれにかかわる気づきは、この世の至福《しふく》であります。このことを一人でも多くの方々とともに味わいたいものです。

著　者

※　本書は、原則として人名は敬称《けいしょう》略（存命の方を除く）とした。

四季開眼

詩文でたどる
「第二の自分」の発見

●目次

秋の章

冬の章

四季開眼

詩文でたどる「第二の自分」の発見

春の章

もうつくしんぼ

畑仕事は土づくり
ふと土手《どて》に目をやると
この春の暖かさで
もうつくしんぼ

つくしんぼは
土手の仲間のなかでは
早春の気配《けはい》を感じて
いちはやい頭出し

つくしんぼに限らず
自然のなかの動植物は
みんな知っている
自分の出番

ヒトだけが
便利さと引き換《か》えに
忘れてしまっている
本来の出番

自然のなかに
ヒトがあり
ヒトのなかに
自然がある

さあてと
つくしんぼに誘《さそ》われ
見つけたくなった出番は
もう一人の自分

コブシの花

例年になく今年は
ムクドリたちについばまれず
花をいっぱいにつけた
庭のコブシ

コブシの花
愛《め》でられたくて

咲《さ》いているのではない
ただ咲いている

巡《めぐ》り来る春に
「さあ春だよ」と
ポンと背中を押《お》されて
パッと咲いている

我も同じ
この体を借りて
今ここにほんの一とき
ポーンと生かされて
パッと生きている

コブシの小枝を花瓶《かびん》に挿《さ》し
書斎《しょさい》の机の上に置くと

ほのかな命の香《かお》り

トサミズキの花

ソメイヨシノが蕾《つぼみ》のころ
トサミズキの花が山肌《やまはだ》を飾《かざ》り
そこはかとなく漂《ただよ》う春の生気《せいき》

万物は常に流転《るてん》し
生成《せいせい》と消滅《しょうめつ》を繰《く》り返す
この世に固定した実体はなく
すべては　脳が描《えが》く姿

ほんとうのところは

脳が描く姿も実体ではなく
しいて　努めて言えば
事物と事物の関係性

それらの関係性が
流れる時間のなか
広がる空間のなかに
満ち満ちている

そんなことはよそに
今　春の生気があふれ
のどかな風情《ふぜい》を醸《かも》し出す
トサミズキの花

もう葉桜

一週間ほど前に
満開になった桜花《さくらばな》
昨夜の強い風で
もう葉桜

そんな桜木《さくらぎ》に寄り添《そ》い
今までの自分を振《ふ》り返れば
「これが自分だ」と思い込《こ》んで
自分なりに一生けん命に生きてきた

でも
あるときから

「これだけではないな」
このように思うようになった

人には
肉体とともにある精神
そうして「意識体」というべき
意識のまとまりがあることに気づいた
これが世にいう魂《たましい》に近い

さらに
ときにその「意識体」の奥深《おくふか》く
ときにその「意識体」を包み込み
「第二の自分」があることに気づいた
なんとこれが無限と永遠につながっている

ああ　そうそう

自分の旅立ちのときには
ためらいもなく逝《い》きたいな
この桜花が散るように

このごろの山肌《やまはだ》

このごろの山肌
深緑《ふかみどり》の間に広がるさ緑と
山肌を斑《まだら》に飾《かざ》るヤマツツジが
彩《いろど》り具合を競い合っているようだ

もとより
形あるものはすべて変わる
その変わり方の大きな違《ちが》いには
時間が長いか短いかがある

形なく
変わらないものは
目で見えず　耳で聞こえない
鼻でかげず　舌で味わえない
手で触《さわ》ることもできない

そこにあるのは
人の心中　深くにある
「慈悲《じひ》」「仁」「道《どう》」「愛」「良知《りょうち》」
あるいは　使命に近い
「役割」　など

今　目に映るさ緑
白みがかっていたり
赤みがかっていたりと
競い合って変わる命の彩《いろど》り

初々《ういうい》しい新緑

ほんの半月前は
黒褐色《こっかっしょく》や灰褐色《はいかっしょく》の木々
今目立つは初々しい新緑

そんな折しも浮《う》かぶは
「究極の健康法」を尋《たず》ねられ
言葉では表せないと応《こた》えたこと
でも　誤解を恐《おそ》れずあえて言えば
「第二の自分」の力を借りること

人は生まれ育つなかで
これが自分という意識ができる
それは個性《こせい》や自我を持った生身の自分

言い換《か》えると「第一の自分」

ところが
その個性や自我を成り立たせている
もう一つ奥《おく》にある「普遍的《ふへんてき》な人間性」がある
これには人類誕生に遡《さかのぼ》る歴史がある

そんな歴史があってか
ヒョイと「第一の自分」を超《こ》えて
家庭　地域　地球レベルと大きな見方
個人　臓器　細胞《さいぼう》レベルと小さな見方
こんな見方も自在に可能なその人間性
言い換えると「第二の自分」

その「第二の自分」の力を
「若返りの力」として切り替《か》えて

「第一の自分」の治《なお》したい箇所《かしょ》へ向ける
これが「究極の健康法」となる
こんなことになるのかな

おお
若い命が姿を変えて
目《ま》の当たりに現れているぞ
初々しい新緑として

もーいいかい

二週間前に定植《ていしょく》したサトイモ
やっとこのごろになって
一つ二つと芽を出した

なんだか
「もーいいかい」
「まーだだよ」と
作物と対話をしているようだ

人の発達について
米国の心理学者のゲゼルは
学習にはレディネスがあるとした
現在ではレディネスを認めながらも
その準備性をただ待っているのではなく
レディジネスそのものをつくり出す考え

生死の問題にしても
人は自分で描《えが》いた意識の世界があり
その意識の世界に閉じ込《こ》められている

そんな自分を内から超《こ》え出ようとする
その内からの働きかけが物を言う
これがこの問題を解くレディネス

それにしても
楽しいではないか
「もーいいかい」
「まーだだよ」

アヤメを近景とし

アヤメを近景とし
猿投山《さなげやま》を遠景として
一枚《いちまい》の絵《え》を描《か》いた

人の一生は
生まれ　育てられ　育ち　育て
子供から青年　壮年《そうねん》　老年へ
やがて死を迎《むか》える

ズーッとその間
この体とともにある心
いつもは体と一つとなり
たまには体を離《はな》れる

離れるときは
他を思いやったり
何かの事に夢中になり
花や景色と一つになったり
大自然と一つになっているとき

それでも
そんな心であっても
一瞬《いっしゅん》でこの体にもどる

アヤメより
パッともどり来る
我が心

ナンジャモンジャの花を

ここは平成こどもの丘《おか》
真綿《まわた》で覆《おお》われたような木
それに近づいてよく見ると
ナンジャモンジャだった

聞けば
関東地方では
名前の分からないもの
そんな樹木があったとき
「あれは　なんじゃもんじゃ」
などと言うそうな

樹木だけでなく
人の心もなんじゃもんじゃ
「心境が少し高まったかな」
そう思った一瞬《いっしゅん》の隙《すき》に
崖《がけ》っぷちから転落

「本心を求めている　そいつが本心」
これが分かったらもう離《はな》さない
ここまで行けるといいな

ナンジャモンジャの花を一つ
手に取って放《ほう》り上げると
くるくると回りながら
ゆっくり地に落ちた

はずかしがりや

おさないころ
おかしければ　わらい
かなしければ　なく
こころがあるともしらずに

それもそのはず

こころは　すきとおっていて
ほんとうにつかみどころがなく
きよらかなみずのようでもあり
なんでもうつしだす
かがみのようでもある

なにかに
むちゅうになっているとき
それにぴったりくっつき
ときにはひとつになり
わかりにくい

それでも
このいのちとともにあり
ゆたかにたがやしたい
だれにでもある

このこころ
ひょんなとき
ひょっこりあらわれ
ひょっこりかくれてしまう
はずかしがりや

春雨《はるさめ》が降り止んだ朝

春雨が降り止んだ朝
いつもより丁寧《ていねい》に
新聞に目を通す
すると

目に留まる
投書欄《とうしょらん》のタイトル
「心の貯金」増やそう

そこには
聞いた話という書き出しで
小さなことでも人の役に立ち
思いやりを持って行動すること
これを「心の貯金」とネーミング

このネーミングに触発《しょくはつ》されて
とりあえず一日一善から
始めてみようかと
記されていた

そう言えばそうだ

誰《だれ》にでもあるこの心を
豊かに耕したいのなら
まずは　一日一善

心の深くに内在するもの
それを見つけ出し現わすこと
それが善に近いとして
まずは　今日一日

詩注1

もうつくしんぼ

自然とヒトの関係は、「自然のなかにヒトがあり、ヒトのなかに自然がある」である。しかし、この後半が実に分かりにくい。さらに分かりにくいのが、もう一人の自分。

コブシの花

「心とは何か」について、近代哲学の祖・デカルト（1596-1650）は、「思惟《しい》するもの」と言い、心身二元論を説いた。AI（人工知能）の祖父・ホッブス（1588-1679）は、「機械」と言い、心身一言論を説いた。このように言われているが、心の真実は今も容易にはつかめない

トサミズキの花

ここでのトサミズキは、愛知県緑化センター。関係性は、科学的には法則など、数学的には定理など、一般的には「かかわり」「はたらき」「役割」などと、とらえることができる。

もう葉桜

「第二の自分」について、拙著《せっちょ》『詩集 ふちんし』二〇一二年、日本文学館、第三章三。及《およ》び『詩集 一生一度』二〇一六年、北辰堂《ほくしんどう》出版、七四頁《ぺいじ》等を参照のこと。

このごろの山肌《やまはだ》

「慈悲」は釈迦《しゃか》、「仁」は孔子《こうし》、「道」は老子《ろうし》、「愛」はキリスト、「良知」は王陽明《おうようめい》の中心的な教えになっている。

初々《ういうい》しい新緑

ここでの「究極の健康法」は、持病のある人は医学的な治療《ちりょう》を続けながら、その上での健康法である。もとより健康には、よい生活習慣づくり、つまり①快眠《かいみん》・②快便・③快食（バランス食）・④快働《かいどう》（適度な運動）に近づけることである。

もーいいかい

A・L・ゲゼル（1880-1961）は、発達におけるレディネス（心身の準備性）の考え方を提唱した。なお「生死の問題」は、『MOKU』vol.283上田閑照《うえだしずてる》寄稿《きこう》を参照した。

アヤメを近景とし

仏教の唯識《ゆいしき》論に八識がある。これは、六識（眼耳鼻舌身意《げんにびぜっしんい》）に末那識《まなしき》と阿頼耶識《あらやしき》を加える。六識を一つにくくれば、精神分析学《ぶんせき》（局所論）にある精神の三層（意識・前意識・無意識）に対応している。

ナンジャモンジャの花を

ナンジャモンジャは、ヒトツバタゴ（モクセイ科の落葉高木）の俗称《ぞくしょう》。山田無文著『臨済録《りんざいろく》上巻』に「自分の本心とはどんなものかと、求めておる。そいつが本心と分かれば、求めるものは何もない（一三八頁）」とある。

はずかしがりや

この詩は、筆者が「読み聞かせボランティア」で朗読した作品（2019.5.24）。学区の小学三年生であったが、とても静かに聞き入ってくれたのが印象に残っている。

春雨《はるさめ》が降り止んだ朝

「心の貯金」増やそう、これは毎日新聞「みんなの広場」へ西川氏投稿（2019.5.29）。

夏の章

アジサイの花言葉

梅雨《つゆ》入りして
一段と鮮《あざ》やかさを増した
我が家の青アジサイ

こんななかで浮《う》かぶ
Aさんからよく耳にする言葉
「○○社長が述べている」
「○○教授が言っている」

Bさんからは
「○○老師が言っている」
「○○経に書かれている」
耳に残るはこんな言葉

それはそれで
よいことであっても
ときに心をかすめるのは
その人自身のこと

いやいや
これは自分自身の影《かげ》
本来の自分を棚《たな》に上げて
他人の光を借りてはいないか

そう言えば

「移り気」の外に
「高慢《こうまん》」もあるなあ
アジサイの花言葉

白っぽく見えた

このごろ一段と
緑の濃《こ》さを増した葉々《はば》
この強風で息するように
山肌《やまはだ》が白っぽく見えた

そんな強風に紛《まぎ》れて
飛び込《こ》んだ一大ニュース
アインシュタイン予言の重力波《じゅうりょくは》

三度目の観測に成功
巨大《きょだい》な質量どうしの衝突《しょうとつ》
その衝撃《しょうげき》で重力波が生まれ
宇宙を造っているすべての物質が
ほんのわずかに揺《ゆ》れるという

こんなことに触《ふ》れると
普段《ふだん》は　あたりまえとし
絶対であるとしてきたことが
そうではないと思い知らされる

ヒトの認識は
おもに電気に置き換《か》えられてする
でも　どうなっていることやら
電気に置き換えられる以前

近づいて見ると
白っぽく見えた山肌は
強風の度《たび》にひっくり返されていた
どんぐり木《ぼく》らの葉裏《はうら》だった

初夏の風

今日は朝から薄曇《うすぐも》り
陽射《ひざ》しを和《やわ》らげる薄雲に
心地《ここち》よい初夏の風

こんな風に乗って来たのは
歴史学者のトインビーの言葉

「死に際して人間の魂《たましい》は
宇宙の背後にある精神的存在の中に再吸収《さいきゅうしゅう》される」

さて　その宇宙は
百三十八億年の悠久《ゆうきゅう》の時の流れと
直径四百三十億光年の巨大《きょだい》な空間
現在この空間の認知可能な物質とエネルギーは
両方合わせてもたった五パーセントと言われている
かたや　認知不可能な暗黒物質が二十五パーセント
暗黒エネルギーが七十パーセントと言われている

そんな宇宙の背後
その存在を推《お》し量《はか》るのに
五感に頼《たよ》る認識モードから
少し離《はな》れないと分からないのかな

少し離れるには
心中を清らかな鏡とし
否そんな鏡すらなくして
無《む》の境地に近づくことかな

ああ
初夏の風
こころのなかを
吹《ふ》き渡《わた》る

梅雨《つゆ》の一休み

梅雨の一休み
日中は　真夏の暑さ

それでも　夜は過ごしやすい

この一か月ほど
続けている書斎《しょさい》の引越《ひっこ》し
なかなかはかどらない

はかどらない作業をしていて
いつもたどり着く思いは
身についたしがらみ

心の奥底《おくそこ》からは
身についたしがらみなど
捨てよ　捨て去れ　捨て切れと
声なき響《ひび》き

今夜は梅雨どきには

めずらしく晴れて
夜風　さわやか
月影《つきかげ》　さやか

ホーホケキョ

ホーホケキョ
アレッ梅雨《つゆ》なのにウグイス
一体どこに居るのかなと
探しても見当たらない

それでも
ホーホケキョ　ホーホケキョ
近くに居ることはわかる

近年は
仕事の「見える化《か》」などと
成果などを見えるようにすること
こんなことがもてはやされる

仕事はそれでよくても
人として大切なこととなると
むずかしいのがその見定《みさだ》め
それでも　たしかにある

例えば
本気　忍耐《にんたい》
勇気　誠意　感謝
信用　信頼《しんらい》　協力　共生
人徳　謙虚《けんきょ》　友情などなど

やれ
梅雨空に
響《ひび》くウグイス
どこに居る

ナミアゲハが

今年は梅雨明《つゆあ》けしても
まだスカッとした夏空がない
すっきりしない天候を映してか
なんだかモヤモヤした気分

いや天候ではなくて
あれがない　これがない

もっと欲しい　もっとやりたい
やっぱり　こんな欲が
モヤモヤの本《もと》かな

我が町にあるトヨタ自動車
この会社は不要な在庫品を置かず
必要なものを　必要なとき　必要なだけ
この考えで操業《そうぎょう》しているという

このような考えを
世界の食糧事情《しょくりょうじじょう》に当てはめて
必要な食糧を　必要なとき　必要なだけ
余った食糧は必要なところに回《まわ》せば
幾億《いくおく》もの命が救われるに違《ちが》いない

個人の生き方も同じ

必要なものを　必要なとき　必要なだけ
やっぱり　こんな暮しが
一番満ち足《た》りた姿

ふと
外を見やると
ナミアゲハが庭で
ヒラヒラと舞《ま》っていた

真っ青な夏空

土砂降《どしゃぶ》りの早朝
九時ごろから止み始めた
そんななかでの友人との対談

得ることより
捨てることが百倍むずかしい
しかもせっかく苦労して捨てても
またすぐにもどってしまうと

それはそうとしても
捨てようとするそのことに
値打《ねう》ちがあるではないかと

いやいや
値打ちは得ることにも
得ようとする事柄《ことがら》自体《じたい》が
人に役立つことがあるし
得ようとがんばるその姿に
周りも励《はげ》まされることがあると

ほんとうは
捨てることと
得ることは表裏一体《ひょうりいったい》
普段《ふだん》は得ることの方に
目が多く向いているために
捨てることが疎《おろそ》かになっているだけ

対談の終わりには
すっかり雨を捨て切った
真っ青な夏空

アオスジアゲハが
県緑化センターのトンネル出口

三角羽《さんかくばね》のアオスジアゲハが
水を求めて舞《ま》っていた

そんな様子《ようす》に誘《さそ》われ
意識について意識に浮《う》かぶ
生命誕生からすれば四十億年
新人類誕生からでも二十万年の
気の遠くなるような長い時を経て
現代人のような意識が生まれた

この意識
時と時の間を結んで
時間の扉《とびら》を開く鍵《かぎ》となり
永遠の時間の入口ともなる

さらにこの意識

それ自体の束縛《そくばく》から離《はな》れ
天地と一つになったとき
桃華《とうか》が眼睛《がんせい》にもなり
竹声《ちくせい》が耳根《にこん》にもなる

水求め
アオスジアゲハ
ただ無心

セッセと草取り

一日たって畑に行くと
ウォッと押《お》し寄せ来る雑草
緑のこんな勢いに負けまいと

セッセと草取り

すがすがしい風
ポツンとたった一人
とてつもなく大きな青空の下
無心で草取り

フッと気づくと
仏は　清らかな心中に在り
道は　心中の束縛《そくばく》を解き放つこと
法は　心が宇宙に満ちていると分かること
こんな声なき声

ああそうそう
この声なき声の主《ぬし》は
山田無文《やまだむもん》老師かな

たった一人
押し寄せる雑草のなか
無心で草取り

台風二十号が近づき

台風二十号が近づき
午後から生暖《なまあたた》かい南風《みなみかぜ》
時々たたきつけるような雨

そんななか
心を一瞬《いっしゅん》止めて
宇宙の音に耳を傾《かたむ》け
宇宙の果《は》てに目を凝《こ》らす

すると宇宙は
エネルギーに満ち
ダイナミックな動き
微塵《みじん》も狂《くる》わない規則正しさ

そんな宇宙から
この地球を振《ふ》り返れば
時間論として「諸行無常《しょぎょうむじょう》」
空間論として「諸法実相《しょほうじっそう》」
存在論として「諸法空相《しょほうくうそう》」
浮《う》かぶは　こんな仏教の言葉

実生活では
「長い目」「広い目」「深い目」
「役割」と「かかわり」への気づき
「とらわれず」「こだわらず」

「自利《じり》」と「利他《りた》」の道を行く

とは言え
今は家の周りを回り
風で飛びそうな物は片付《かたづ》け
台風二十号に備える

ツユクサや

このごろ野原で
よく見かけるのが
可憐《かれん》なツユクサの花
ツユクサに誘《さそ》われ浮《う》かぶは

人にある特有の信念や思い込《こ》み
このために事あるたびに
壺《つぼ》にはまり込むこと

やっかいなことに
その壺にはまり込んでも
気づかないことが多い

苦しめている
壺に気づかせる一つが
心理療法《りょうほう》にある論理療法
「それは筋道《すじみち》が通っていますか」
「証明《しょうめい》できますか」「役に立ちますか」
このように問うてその人の信念に迫《せま》るという

でも

信念や思い込み
これらがまったくないと
事柄《ことがら》は素通《すどお》り

例をあげれば
教育　人口社会　健康　医療福祉《いりょうふくし》
産業　財政金融《ざいせいきんゆう》　運輸　エネルギー
鉱物資源　新素材　国土保全
治安防衛　政治　などなど
こんな類《たぐい》の壺があると
事柄の収まりがいい

ツユクサや
収まりしっくり
野原にて

柿木《かきのき》の根元に

夏の終わり
柿木の根元に
幼児《ようじ》の拳《こぶし》ほどの穴が
一つ二つ三つと開《あ》いていた
それはモグラの出入口のようだった

アレッ
こんな穴のように
この現実の世界にも
異次元世界《いじげんせかい》への出入口として
目に見えない穴があるかも

もとより

目に映る世界が絶対ではなく
時とともに常に移り変わり
関係性《かんけいせい》はあっても
実体はない

でも
実体はなくても
目に映らない世界のなかに
大切なものがある

もしかして
大切な「役割」や「かかわり」も
人の「意識体」なるものも
異次元世界への出入口

モグラ除けとして

地中への出入口をふさぎ
自作のペットボトル風車を
柿木の近くに立てた

詩注2

アジサイの花言葉

アジサイには、色が変化することから「移り気」、青色の印象から「高慢」などといった花言葉がある。

白っぽく見えた

このニュースは、「二〇一七年一月四日にLIGOと呼ばれる観測装置《かんそくそうち》で重力波がとらえられたことが明らかになった」というもの。重力波は、「時空の細波《さざなみ》」とも呼ばれている。A・アインシュタイン（1879-1955）は相対性理論で名高い物理学者。

初夏の風

A・J・トインビー（1889-1975）は、イギリスの歴史学者。ここでの「気になる言葉」は、『トインビーと「あなた」との対話』二七頁《ぺいじ》、毎日新聞社。著者は、「五感に頼る認識モード」を「生活認識モード」と称《しょう》することもある（拙著《せっちょ》『詩集　表裏《ひょうり》一体《いったい》』北辰堂《ほくしんどう》出版、第三章一参照）。

梅雨《つゆ》の一休み

ここでの「しがらみ」は、まといついた欲求である。なお、A・H・マズロー（1908-70）は、欲求には生理的欲求から自己実現の欲求まで五つの階層《かいそう》があり、下位の欲求が満たされると上位のそれを満たそうとする「欲求の階層説（need-hierarchy theory）」を提唱した。

ホーホケキョ

ここで例示した言葉は、拙著『元気の風』二〇〇八年、ヒューマンアソシエイツ、で元気言葉として著したもの。

ナミアゲハが

「必要なものを、必要なときに、必要なだけつくり、お届けする」は、トヨタ自動車の創業者の豊田《とよだ》喜一郎《きいちろう》（1894-1952）から出されたとされる考えであり、今も生きている。

真っ青な夏空

周りに一人でもがんばっている人がいると、「自分もがんばらなければ」と励まされることが多い。

アオスジアゲハが

霊雲《れいうん》志勤《しごん》禅師《ぜんし》は桃華を、香厳智閑《きょうげんちかん》禅師は撃竹を契機《けいき》として見性《けんしょう》をした（悟《さと》りを開いた）と言われている。「桃花《とうか》悟道《ごどう》」「撃竹大悟《げきちくたいご》」参照。

セッセと草取り

山田無文著『臨済録《りんざいろく》下巻』に、「本当の仏とは心が清浄無垢《せいじょうむく》なところである。(中略)真実の法とは、心が天地宇宙に満ち満ちていると分かることである。真実の道とは、その場その場で解脱《げだつ》していくことである(七五頁)」とある。

台風二十号が近づき

諸行無常は、万物は常に変化して少しの間も止《とど》まらないこと。諸法実相は、あらゆる事象はそのまま真実の姿であること。諸法空相は、あらゆる存在が空《くう》であること(『広辞苑《こうじえん》』等より)。なお、「長い目」は時間論、「広い目」は空間論、「深い目」は存在論での見方。

ツユクサや

論理療法は、A・エリス(1913-2007)が創始した心理療法。非合理的な信念を合理的な信念へ変容させることで治療《ちりょう》を行うものである。

柿木の根元に

ペットボトルの風車は、回転時の振動《しんどう》が地中に伝わり、モグラ除けになると言われている。

秋の章

イチゴの苗《なえ》を

イチゴの苗を
三十五センチ間隔《かんかく》で
移植鏝《いしょくごて》を使って穴を掘《ほ》り
そこに水を入れて植えた

畑の土
手触《てざわ》りが誠《まこと》に心地《ここち》よい
適度に暖かく湿《しめ》り気《け》もある
幼児《おさなご》が砂遊びを好む訳も
ここらにあるのかな

以前は　手袋《てぶくろ》で
今日は　素手《すで》で移植作業
しばらくすると手と土となじみ
手と大地とがピタッと一つになったよう
さらに自分と大地とも一つになったよう

ああ
こういうことだったのか
構《かま》えて修行《しゅぎょう》などしなくても
日常のなかで大地と一つになれる
そんな手軽な道があるんだ

太古より
命はぐくむ
大地かな

呵々大笑《かかたいしょう》の世界で

日中の暑さに比べ
朝晩はだいぶ涼《すず》しくなった
戸外からは秋の虫の音《ね》
枕元《まくらもと》には『臨済録《りんざいろく》』

いつも目に留まる箇所《かしょ》は
「念の出て来んところだ
そこを手に入れれば
ここだナと手を打って
呵々大笑する世界が開けて来る」

そのときは
そうありたいな

こんな思いに浸《ひた》る
でも朝になると
どこ吹《ふ》く風

天地と我　我と天地
一つになってしまえば
つまらない思いなど
どこ吹く風

枕元には『臨済録』
一つ今晩は夢でもいい
呵々大笑の世界で
遊びたいな

一進一退の秋雨前線《あきさめぜんせん》

この秋雨前線で
もう二週間近くも
降ったり止んだりの雨

これも四季の一コマ
こんな天候を映してか
雑念が浮《う》かんでは消える

プクプクと浮かんでくる雑念
消そうとしてもなかなか消えない
でも「そいつが雑念！」と気づけば
フッと消えることもある

そんなことで
このしぶとい雑念
その都度《つど》気づいて消す
普段《ふだん》の修練が物を言う

そう言えば
あるときは南へ一歩進み
あるときは南から一歩退く
一進一退の秋雨前線

似ているぞ
沈《しず》んでは浮かび
浮かんでは沈む雑念と

秋雨《あきさめ》が上がり

秋雨が上がり
畑仕事をしていると
背後《はいご》から隣《となり》のIさんの声
「畑は人の心を映すのかねえ」

たしかに畑の姿は
その都度《つど》　必要な手を加え
作物を慈《いつく》しんで育てていれば
それなりの姿

ヒトの子の姿も同じ
その都度　必要な手を加え
心を耕す手助けすれば

それなりの姿

おっと
自分の姿も同じ
その都度　心を耕し
心を磨《みが》いていれば
それなりの姿

雨上がり
心中の鏡に映るは
もどってきた青空
天高く浮《う》かぶ鱗雲《うろこぐも》

なおちゃんが来て居る

我が家に
今年の六月に生まれ
もうすぐ四か月になる孫
なおちゃんが来て居る

このごろできるようになったこと
ゴロンと腹ばいになって
頭をグイッと持ち上げ
前を見詰《みつ》めること

腹ばいになって
見える世界が一変
自分の力でまっすぐ

前を見ることができる

そんなことが
周りの大人達の心を動かし
ウアーッと起きるは
歓声《かんせい》と拍手《はくしゅ》

長い人生の旅路《たびじ》
穏《おだ》やかな旅だけではない
暴風雨《ぼうふうう》や大地震《おおじしん》あり
でこぼこ道もあり
山や谷もある

つらく苦しいときも
自分の力でグッと
まっすぐ前を向く

人生のスタートは
皆《みな》なおちゃんのような姿
でも　いつの間にか
忘れていないか

漂《ただよ》う秋の気配《けはい》

花の色や香《かお》りに
草陰《くさかげ》からの虫の音《ね》に
あちこちで漂う秋の気配
秋来たりて
時間の速さを改めて知る
このことは脳科学者からも

「トキメキが少なくなった証《あかし》」と

つられて浮《う》かぶ
物理学者の湯川秀樹《ゆかわひでき》の言葉
「一日生きることは
一歩進むことでありたい」と

そうではあるが
時間がこんなに速く
こんなに静かに流れていくと
つい自分は進んでいるのか
退いているのか分からなくなる

ああ
そんなときでも
「第二の自分」に

温かく抱《いだ》かれている

身の周りには
色鮮《いろあざ》やかなヒガンバナ
甘《あま》い香《かお》りのキンモクセイ
鳴き声　涼《すず》やかなスズムシ

台風一過の晴天

今日は
台風一過の晴天
久しぶりの紺碧《こんぺき》の空
この紺碧の空を

ぶち抜《ぬ》いてみれば
なんとまあ漆黒《しっこく》の闇《やみ》
でも　宇宙から見れば
それがあたりまえ

この煩悩《ぼんのう》の心も
ぶち抜いて見れば
これ　また漆黒の闇
音も　においも　味もない
触《ふ》れるものもない

ヒトは
地球の大気に守られ
水や緑の恵《めぐ》み　陽光の恵み
これらを一杯《いっぱい》に受けている
それは宇宙から見れば

あたりまえではない
過ぎた台風
宇宙から見れば
地球大気の一循環《いちじゅんかん》

畑対談

秋晴れのもとで畑対談
五か月前に夫を亡《な》くされたOさん
ご主人さんの遺されたという言葉に
「幸せはお金ではないよね」
お金はたしかに

生活には欠かせないし
お金で欲しい物も買えるし
望む旅行にも行ける

でも
お金がもとで
不愉快《ふゆかい》や仲違《なかたが》い
心配事や争い事も
なかには殺人事件までも

これは
お金を活《い》かす人と
お金に縛《しば》られる人との違《ちが》い
お金では幸せは買えない
幸せはお金ではない

幸せを突《つ》き詰《つ》めるなら
本当の自分との出会い
これがこのうえない幸せ
本当の自分は「第二の自分」

「お先に」と
笑顔を残して帰られたOさん
何やら吹《ふ》っ切れた軽《かろ》やかさがあった
その足取りに

ポインセチアの花が

ポインセチアの花が
花屋の店先に並び始めた

そんな時節になった

ああ　そうそう
ポインセチアの赤を「赤」と言うと
その瞬間《しゅんかん》にポインセチアが「赤」となり
あるがままの赤ではなくなる

主観《しゅかん》が客観《きゃっかん》になっているのだ
ここで浮《う》かぶはガリレオの言葉
「宇宙は数学の言葉で書かれている」
たしかに数学は客観への王道
赤も光の波長《はちょう》で表される

それでは
言葉になる前の
あるがままの赤は

波長で表される赤と
どう違《ちが》うのか

それは
明暗や反射《はんしゃ》などの違いのほか
各人各様《かくじんかくよう》の受け止め方の違いがある
そのときの気分でも違う

目に留まり
妻に贈《おく》らん
赤き花

小春日和《こはるびより》

昨日の寒気一転
ポカポカした
小春日和

ポカポカと感じる
ヒトの体の仕組みは
同期《どうき》する細胞《さいぼう》が集まり
五臓六腑《ごぞうろっぷ》とその働きをつくり
これらを骨格《こっかく》と筋肉《きんにく》が支えている
さらに神経や血管などを張《は》り巡《めぐ》らし
そこに情報や養分などを通して
脳がまとめ役をしている

待てよ　はたして
脳だけがまとめ役なのか
脳の受送信の信号はおもに電気

それで人体六十兆《ちょう》もの細胞を
制御《せいぎょ》し切れるだろうか

ここにも潜《ひそ》んでいる
目に見えない「第二の自分」
こんな穏《おだ》やかな小春日和には
とくに身近な「第二の自分」

こんな星空を見ていると

日が短くなり
日課の早朝ジョギングで
オリオン座を取り囲むように
大犬　小犬　双子《ふたご》　馭者《ぎょしゃ》　牡牛《おうし》の各星座

それら星座の主《おも》な星々がクッキリ

こんな星空を見ていると
自分が透明《とうめい》になって
大宇宙に吸《す》い込《こ》まれ
一つになっていく

もとより
今ある自分は
父母から命をいただき
家族をはじめ周りの人々や社会
無数の生き物たちや地球環境《ちきゅうかんきょう》
これらに支えられている

おおよそは
ここらまでは分かるのだが

なかなか分かりにくいのは
さらに大きなものに支えられ
ここに生かされていること

それでも
こんな星空を見ていると
スーッと伝わってくるではないか
ほんとうに大きなものに支えられ
ここに生かされていること

小さな水玉《みずたま》

雨上がりの朝
枯《か》れ枝に幾《いく》つもついていた

小さな水玉

このごろは
夢から覚めて
「ああ　いやな夢だった
夢でほんとうによかった」
「ああ　いい夢だったなあ
夢が現実ならよかったのに」
こんな思いがかすめることがある

でも　ほとんどは
たわいもない夢
その夢の記憶《きおく》も
朝の活動とともに
露《つゆ》のように消えていく

いやいや
夢から覚めて
これが現実だと信じていた
そのことが見方を換《か》えると
現実かどうか定《さだ》かではない
夢のまた夢のこともある

それでも人は
互《たが》いに切磋琢磨《せっさたくま》し
進歩向上を目指《めざ》す
自分自身の心を耕し
心豊かな生き方を目指す

水玉が朝日を浴びて
宝石のようにキラキラと
輝《かがや》いていた

詩注3

イチゴの苗《なえ》を

かつて教育現場で、欲求不満耐性《よっきゅうふまんたいせい》の弱い子どもが、砂場の砂いじりで落ち着きを取り戻《もど》す場面を幾度《いくど》も見てきた。スイスの心理療法家《しんりりょうほうか》のD・カルフ（1904-90）は心理療法として箱庭療法《はこにわりょうほう》を確立した。

呵々大笑《かかたいしょう》の世界で

山田無文著『臨済録下巻』一九八八年、禅《ぜん》文化研究所、一一一頁《ぺいじ》参照。

一進一退の秋雨前線《あきさめぜんせん》

雑念について振《ふ》り返ってみると、「あれやこれやの計《はか》らい」が多い。そんなときは、「長い目」、「広い目」、さらには「深い目」で見ると切り換《か》えできることもある。

秋雨《あきさめ》が上がり

心を耕すには、①よい事物にたくさん触《ふ》れ、②よい人とたくさん交《まじ》わり、③よい書物にたくさん親しむという心がけが物を言う。しかし、そこから芽を出して伸《の》びるには、さらによい機会とそれなりの努力がいる。

なおちゃんが来て居る

人生のスタートは皆、「眠ること、おっぱいを飲むこと、しっことうんこをすること、手足を動かすこと、泣くこと、笑うこと」くらい。人生のゴールもこれに近づく。

漂《ただよ》う秋の気配《けはい》

湯川秀樹（1907-81）は、中間子を予言しノーベル物理学賞を受賞（日本人初）。時間の進み方が速く感じられるのは、「加齢《かれい》とともに暮しのなかでトキメクことが少なくなっているから（脳科学者・中野信子氏談）」とも言われている。

台風一過の晴天

私たちは、一番身近な大切な存在に気づかないことが多い。なお、煩悩《ぼんのう》は、「衆生の心身をわずらわし悩《なや》ませる一切の妄念《もうねん》（『広辞苑《こうじえん》』より）」。

畑対談

「本当の自分」との出会いは、「第二の自分」との出会いでもあり、何物にも代えがたい幸せである。しかし、人がここに至るには、紆余曲折《うよきょくせつ》を経《へ》ながらの長い道程《みちのり》がいる。

ポインセチアの花が

ポインセチアは常緑低木。日本では一一～一二月ごろ茎《くき》の上にある葉が赤（桃《もも》・白）くなる。ガリレオ・ガリレイ（1564-1642）は、イタリアの物理学者・数学者・

天文学者。自作の望遠鏡で月の谷、太陽の黒点、木星の衛星などを発見。

小春日和《こはるびより》

時間と空間でつくるこの四時限時空間は、電気によって認識する世界。今、AI（人工知能）が、ヒトの認識・思考・判断等に迫《せま》っているのも、原理はここにある。なお、ヒトの生命維持を自動的にする自律神経系にしても、そのはたらきは電気によると言われている。

こんな星空を見ていると

不思議なことに、「第二の自分」が「大きなものの分身」のように、見えてくるときがある。

小さな水玉《みずたま》

豊臣秀吉《とよとみひでよし》（1537-1598）の辞世の歌に、「露《つゆ》とおち 露と消えにし わが身かな 浪華《なにわ》のことは 夢のまた夢」がある。

冬の章

サザンカや

今年も
庭のサザンカの花が
風のない光のどかななか
次々と咲《さ》き出した

季節の花
咲いた花は散る
散った花は種子を残す
種子は地に落ちて
時と場を得て芽を出す

万物も
有《う》から無《む》　無から有
色《しき》から空《くう》　空から色
生まれ変わり
死に変わる

ああ
サザンカや
この一ときを
輝《かがや》かん

もうしもやけ

寒風のなか
ウコンの水洗い
ふと我が手を見ると
もうしもやけ

環境《かんきょう》の変化に
すぐに反応する我が身
そんな体に
今しばらくお世話になる

「維摩経《ゆいまきょう》」のなか
「体には色身《しきしん》と法身《ほっしん》がある」
これは「肉体としての体」と
「真理としての体」という

肉体は

道具としてあり
かたやこの道具を使う
「高い精神」があるという

そこには　この「高い精神」
つまり「真理としての体」
これこそが　本当の自分
このように説かれている

では
ちょいと
超《こ》えてみん
しもやけできる
我が身をば

門松《かどまつ》近くのドウダンツツジ

あと二週間足《た》らずで正月
県緑化センターの本館前《ほんかんまえ》
背丈《せたけ》ほどの門松
近くにはドウダンツツジ

そんな光景に触《ふ》れ
時の流れにまかせて
温めてきた事柄《ことがら》が浮《う》かぶ

それは
意識のまとまりを
「意識体」と称《しょう》してきたこと

この「意識体」
不思議にも伸縮自在《しんしゅくじざい》
なんと地球大にも
細胞《さいぼう》大にもなれる

ところが
そんな「意識体」が
パッと割《わ》れるときがある

そんなときは
「般若心経《はんにゃしんきょう》」でいう空《くう》が
真実味を帯びるとき

そう言えば
門松近くのドウダンツツジ
二週間前はあんなに色鮮《いろあざ》やかだったのに

今はすっかりその輝《かがや》きをなくし
硬《かた》い新芽を付けていた

力士たちの真剣勝負《しんけんしょうぶ》

先場所のこと
某《ぼう》力士が金星を取った
そのときを振《ふ》り返っての言葉
「外から自分の相撲《すもう》を見ていたよう」

無心で相撲を取るとき
最大の力が発揮できると聞く
そのような無心になるには
不断《ふだん》の稽古《けいこ》が物を言う

しかし
いくら稽古をしても
無心になれるとは限らない
やはりここは「第二の自分」の出番

「第一の自分」に比べ
気づきにくい「第二の自分」
自分の内にあって自分の内にない
この時空間がわずかにずれているようだ

明日からは
大相撲の初場所
これから楽しみだ
力士たちの真剣勝負

畑仕事のなかで

冷たい北風のこのごろ
畑で仕事をする人は
ほとんど見かけない

その代わり
畑仕事のなかで
出会うは意中の偉人《いじん》

その偉人
「自身の不完全さに気づき
自らを磨《みが》き続けること」
こんな心得《こころえ》も伝えている

またときには
王陽明《おうようめい》の「良知《りょうち》」
山崎闇斎《やまざきあんさい》の「正直《しょうじき》」
本居宣長《もとおりのりなが》の「真心《まごころ》」
こんな言葉もキラリと輝《かがや》く

偉人たちの足跡《あしあと》は
一灯《いっとう》が万灯《まんとう》となり
過去から現在を照らし
さらに未来を照らし出す

この時代のこの国で
この一地方の一片隅《いちかたすみ》で
畑仕事に精出す身にも
出会える意中の偉人

昨夜は小雪

昨夜は期せずしてチラホラ小雪
今朝《けさ》は路面凍結《とうけつ》の恐《おそ》れ
やむを得ない用事で
ひやひや運転

冬支度《ふゆじたく》が
まだ十分とは言えない車
急ブレーキ急ハンドル
スピード抑《おさ》えて
慎重《しんちょう》運転

ハンドルを握《にぎ》りしめ

「第二の自分」を心に浮《う》かべ
そこからジッと見守るは
「第一の自分」

さいわい
後続車はなく
対向車もなかった
それだけでも助かる運転

所用を終えて
二時間後には無事帰宅
お陰《かげ》ありとすれば
「第二の自分」

この冬一番の寒気が

この冬一番の寒気が南下
凍《こご》えるような日々が続くとき
義父が静かに息を引き取った
享年《きょうねん》は　なんと百四

義父は
明治　大正　昭和　平成と
激動《げきどう》の時代を駆《か》け抜《ぬ》けて逝《い》った

義兄のあいさつ
「間違《まちが》ったことが大きらいで
まじめに一生けん命に生きた人」と

聞き覚えのある話に
「財産」遺して銅メダル
「思い出」遺して銀メダル
「生き方」遺して金メダル

やっぱり
「まじめな生き方」
思想家の内村鑑三《うちむらかんぞう》の言う
「後世への最大遺物《いぶつ》」

それにしてもこの寒さ
「人生はそれほど甘《あま》くはないぞ」
「まじめな生き方も易《やす》くはないぞ」
天から義父のこんなメッセージ

千両万両

冬山でその気になって探すと見つかる
センリョウ　マンリョウの赤い実
センリョウの実は葉の上の方に
マンリョウは下の方につく

そんな赤い実に誘《さそ》われ
かつて学んだことが浮《う》かぶ
原子核《げんしかく》を回っている電子は
位置と運動量は不確定ということ
不確定とは同時に二つ決められないこと

そう言えば
この宇宙を見てみても

広大な空間と悠久《ゆうきゅう》の時間の大元は
ビッグバン直前のインフレーション

元々は
時間と空間は不可分
時間が止まれば運動も止まる
運動が止まれば空間機能もなくなる

この四次元時空間での
「第二の自分」の在《あ》り様《よう》は
生《い》き様《ざま》にかかわってはいるが
本体は異次元の方にあるようだ

時空《じくう》超《こ》え
千両万両
今ここに

陽だまりで

風は身を切る冷たさでも
ガラス越《ご》しの陽射《ひざ》しは
ポカポカと暖かい

聞いた話で
深い闇《やみ》のなかにいて
不安や恐怖《きょうふ》で一杯《いっぱい》のとき
一条の光に出合い
ホッとしたと

そんなこともあるのかなと
ガラス越《ご》しに射《さ》し込《こ》む

陽の光を浴びながら
目を閉じてみる

すると
暮しのなかの細波《さざなみ》
ピタリと静まり返り
ただただ暖かく
陽光と一つになり
光そのものになったよう

陽だまりで
光と一つ
我忘る

冬の雨上がり

冬の雨上がり
行先は近くの梅林
蝋梅《ろうばい》は　見ごろ
紅梅《こうばい》は　芳香《ほうこう》

とりわけ
よい香《かお》りは時として
ゆったりとした時の流れと
矢のように過ぎる時の流れを結び
大きな世界と小さな世界を結ぶ

そうして

冬のこんな時もまた
永遠にして一瞬《いっしゅん》　一瞬にして永遠
広大にして狭小《きょうしょう》　狭小にして広大
そんな「第二の自分」が身近なとき

ああ　そうそう
人として生まれたなら
時空を超《こ》えた世界を知り
愛の大河を感じ取る

そうだなあ
冬の雨上がり
よい香りが運ぶ別世界

マンサクや

マンサクの由来《ゆらい》は
「まず咲《さ》く」「真《ま》っ先《さき》」
「万年豊作《まんねんほうさく》」などと言われる
でも「万笑《まんわら》う」でもいいな

ヒトは生きるために
まず食べられるものと
そうでないものとの区別
これを身に付ける

そうして
大小　長短　軽重　硬軟《こうなん》

強弱　寒暖　遅速《ちそく》　得失などと
比べて選ぶことを身に付ける

あわせて
言葉や慣習などを学び
コミュニケーション力を高め
家庭　学校　社会などと場を広げて
知識技能や生活力や創造力なども身に付ける

そんななか
競うことも　従《したが》うことも
争うことも　耐《た》えることも
身に付けてきた

でも
それで失ってきたものがある

生まれたままの心
素直《すなお》な心

そう言えば
素直な心があれば
晩冬のこのマンサクが
笑っているのが見えるはず

マンサクや
笑いかけている
見るヒトへ

午後からの雨

早朝のジョギング
いつもの茶畑の小道ではなく
地球の上を走っているようだった

昼前の畑仕事
我が家の小さな畑ではなく
地球の表面を耕しているようだった

こんな感覚
サン＝テグジュペリの名作
「星の王子さま」に出てくる小さな星
そこに居るようだった

つられて
星の王子さまの言葉
「大切なことは目に見えない」

「心で見ないとわからない」

午後からの雨

「もうすぐ春だよ」と

草木《くさき》らに優《やさ》しくささやいていた

詩注4

サザンカや

色は、物質的存在。空は、固定的実体がないこと（『広辞苑《こうじえん》』より）。「般若心経《はんにゃしんきょう》」では、「色即是空《しきそくぜくう》　空即是色《くうそくぜしき》」とある。

もうしもやけ

ここでの「高い精神」「本当の自分」は、「第二の自分」とほぼ同じ。ここでの「維摩経」は、山田無文著『維摩経法話上』一九六八年、春秋社、一六六頁《ぺいじ》参照。

門松《かどまつ》近くのドウダンツツジ

「空」そして「無」は、仏教の中心的な教えになっている。五感で分かる物質的存在を「色」と言い、五感ではとらえにくい固定的実体がないことを「空」と言う。（前述《ぜんじゅつ》詩注「サザンカや」を併《あわ》せて参照のこと）

力士たちの真剣勝負《しんけんしょうぶ》

相撲に限らず、無心をすべての競技に当てはめてみたらどうなるか。さらに議論の場では、そして生活の場では、と考えてみるのも楽しい。「第二の自分」については、前述の拙著《せっちょ》『詩集 ふちんし』第三章三も参照のこと。

畑仕事のなかで

王陽明（1472-1528）は、陽明学の祖。山崎闇斎（1618-82）は、儒学者《じゅがくしゃ》・神道家。本居宣長（1730-1801）は、国学の大成者。

昨夜は小雪

当日の外気温は、自宅で三℃であった。

この冬一番の寒気が

思想家・文学者の内村鑑三（1861-1930）は、『後世への最大遺物』一九八八年版岩波文庫で「（前略）アノ人はこの世の中に活《い》きているあいだは真面目《まじめ》なる生涯《しょうがい》を送った人であるといわれるだけのことを後世の人に遺したいと思います。」としめくくっている。

千両万両

「電子は、運動量と位置は不確定」というのは、「ハイゼルベルクの不確定性原理」と呼ばれている（二〇〇三年小澤正直《おざわまさなお》氏によって修正〈web サイトより〉）。

陽だまりで

「第二の自分」は、このような優《やさ》しい自然のなかにあっても、逆に厳しい自然のなかにあっても、その一体感から身近なものとしてとらえることができる。かたや、喜怒《きど》哀楽《あいらく》の届かない心の深いところに潜《ひそ》んでいて、とらえにくいところがある。

冬の雨上がり

芳香も、嗅覚《きゅうかく》として電気による認識メカニズムによる。しかし、不思議なことに嗅覚は、ときに視覚や聴覚以上に別世界へ運んでくれる。

マンサクや

松下幸之助《まつしたこうのすけ》著『素直な心になるために』一九九二年、PHPには、「素直な心になれば、私心にとらわれず、物事の実相を見ることができます（八八頁）」とある。

午後からの雨

この時期の雨は、「木《こ》の芽《め》起《おこ》し」と呼ばれている。サン＝テグジュペリ（1900-44）は、フランスの作家・パイロット。

あとがき

本書は、著者のホームページに掲載《けいさい》した近年の詩文をもとに、季節ごとに編集しました。編集の方針《ほうしん》は、「第二の自分」の発見とそれにかかわるものです。その外にも伏線《ふくせん》として、空間論（広い目・無限・狭小《きょうしょう》）、時間論（長い目・永遠・一瞬《いっしゅん》）、存在論（深い目・役割・かかわり）などが入っています。

本書のなかには、一見矛盾《むじゅん》しているように見える事象がいくつもあります。それは、表裏一体《ひょうりいったい》の見方を始めとして、それらを根本的・根源的《こんげんてき》にとらえようとしたからです。このことが、期せずして「第二の自分」の発見につながったのではないか、とも考えています。

終わりになりましたが、苦しみや悲しみのときも、逆境のときも、本来の自分を取りもどして元気になっていただくことに、本書が少しでもお役に立てば幸いです。なお、題名を「四季開眼《しきかいがん》」といたしましたが、開眼にもレベルがあり、本書はその初歩に過ぎないことを申し添《そ》えておきます。

結びに当たり、このように本書をまとめることができましたのは、「平成《へいせい》生涯学習支援連盟《しょうがいがくしゅうしえんれんめい》」の方々からの温かい励《はげ》ましのお陰《かげ》であります。感謝いたします。

令和二年九月吉日

山川白道

山川白道（やまかわ はくどう）
昭和 22 年 愛知県生まれ。東京理科大学・玉川大学卒。
昭和 47 年 4 月から平成 7 年 3 月まで公立学校教諭。
（中学校在職中に、第 18 回東レ理科教育賞を受賞）
平成 7 年 4 月から平成 15 年 3 月まで公立学校教頭。
平成 15 年 4 月から平成 20 年 3 月まで公立学校校長。
平成 20 年 4 月から平成 27 年 3 月まで公立放課後児童クラブ主任指導員。
現在、平成生涯学習支援連盟理事長。ＮＰＯ法人日優連認定マスター心理カウンセラー。

【主な著書】
平成 13 年　『青い空　白い雲』文芸社
平成 19 年　『むげんの風』ヒューマンアソシエイツ
平成 20 年　『元気の風』ヒューマンアソシエイツ
平成 23 年　『詩集　四季の風』日本文学館
平成 24 年　『詩集　ふちんし』日本文学館
平成 26 年　『詩集　表裏一体』北辰堂出版
平成 28 年　『詩集　一生一度』北辰堂出版

四季開眼　詩文でたどる「第二の自分」の発見

令和 2 年 10 月 8 日発行
著者 / 山川白道
発行者 / 唐澤明義
制作 / 株式会社ブレーン
発行 / 株式会社展望社
〒 112-0002 東京都文京区小石川 3 - 1 - 7 エコービル 202
TEL:03-3814-1997 FAX:03-3814-3063
http://tembo-books.jp
印刷製本 / モリモト印刷株式会社

ISBN 978-4-88546-385-3　定価はカバーに表記

好評発売中

山川白道 著

生活と教育の現場から生まれた珠玉の詩篇 !!

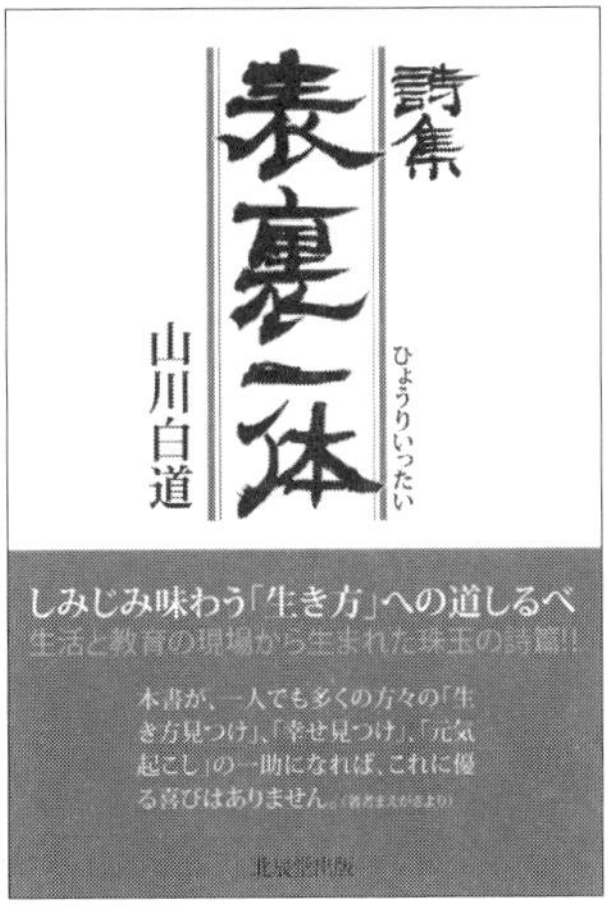

詩集 表裏一体

しみじみ味わう
「生き方」への道しるべ

本書が、一人でも多くの方々の「生き方見つけ」、「幸せ見つけ」、「元気起こし」の一助になれば、これに優る喜びはありません。

ISBN：978-4-86427-177-6
四六判／上製／定価：1000 円＋税

詩集 一生一度

人の生き様から
自分再発見の旅へ

本書が、老いも若きも一人でも多くの方々の「生き方見つけ」や「自分再発見」、「元気起し」や「生きる力」になれば、これに優る喜びはありません。

ISBN：978-4-86427-205-6
四六判／上製／定価：1000 円＋税